실향민의 노래

실
향
민
의
노
래

ⓒ 채계화, 2024

초판 1쇄 발행 2024년 11월 3일

지은이   채계화
펴낸이   이기봉
편집   좋은땅 편집팀
펴낸곳   도서출판 좋은땅
주소   서울특별시 마포구 양화로12길 26 지월드빌딩 (서교동 395-7)
전화   02)374-8616~7
팩스   02)374-8614
이메일   gworldbook@naver.com
홈페이지   www.g-world.co.kr

ISBN   979-11-388-3644-9 (03810)

실향민의 노래

채계화
시집

좋은땅

네 번째 시집을 냅니다.
매번 부족합니다.
공부하는 사람으로 살겠습니다.

이제 6.25전쟁을 겪은 세대는 가고 없어집니다.
목숨 바쳐 나라를 지킨 부모님 세대는 하늘 나라 가시고
고생이, 전쟁이, 조국이 무언지도 모르고
피란민 생활을 한
철없던 우리 세대가 몇 명 남았습니다.

보고 싶은 사람
그리웁고 가슴 아픈 사람들
외할머니 이모 외삼촌 큰아버지 큰어머니
사촌 언니 사촌 동생들
옆집 오빠 유치원 동무들 눈물밖에 다른 표현은
할 수 없습니다.

슬픈 사연 있는 독자 분들은 저의 시를 감상하시며
마음의 위로를 받으시면 좋겠습니다.

감사합니다.

2024 가을이 오는 날 아침
난간 채 계 화

제2부

제3부

제4부

제5부

제
1
부

통일 전망대에서

고성군 통일 전망대에 섰다
두툼한 코트를 입고 털실모자 썼다

가까이 있는 북녘하늘 금강산
해금강을 바라본다
고향이 가까워 가슴 뛴다

이곳보다 훨씬 추운 내 고향
함경도를 생각하고 친척과
이웃을 그려본다

나는 남편과 관광을 다니건만
북녘동포는 배고픔 추위에
떨고 있을 생각 가슴이 미어진다

통일은 언제 오는가
부모님 일생 다 지나가고
나의 시간 얼마 남지 않았다

어쩜 좋단 말인가

저 하늘 저 땅 쳐다만 보아도
가슴이 찢어지는데
결국 못 간단 말인가

아 야속한 시간
보고픈 사람들이여
그리운 산천이여
언제쯤 길을 열어 준단 말인가
내 고향 북한

내 사랑이여

그리운 고향 절망의 발아래
한 줌 흙이 되는데
삼팔선은 언제 녹아 내리나

오뉴월의 태양 아래에서도
내 영혼 오돌오돌 떨고 있다
북풍의 찬바람이 등뒤를 휘몰아치니

그리운 산천
함경남도 흥남시 우리집
홍원군 사모면 외갓집 큰아버지댁
추억의 뒷장에서 멀어지고 있네

보고 싶은 얼굴들 나의 집 기차역
왼쪽으로 사거리 유치원
오른쪽으로 시청 그 앞 연못
눈에 선한 우리 동네
언제 어느 때 다시 볼까

내 사랑이여
내 사랑이여

실향민의 노래

통일의 노래

그대 오고 있군요
소리 소문 없이 문 앞까지

태양은 빛을 발하고
바람은 춤을 춥니다

이 좋은 소식
누구에게 전해야 할까요
아버지 어머니 안 계시니
이모 삼촌 안 보이니

가슴이 터지고 있어요
피가 솟구칩니다

통일은 고뇌가 아닙니다

통일은 평화입니다
통일은 행복 입니다

아 통일 그대 내 생명
아 통일 그대 내 생명

편지

가을 바람 살랑살랑
흰구름 슬며시 나타나니
그대에게 편지 씁니다

홀로 핀 들국화 한 송이
누구를 닮았다고

쌀쌀함이 외로움이라네
가슴속까지 스미는 슬픔

글자도 저린 고독이
싸락눈 타고 날아가는
북녘하늘 아래로

실향민의 노래

그날이 오면

통일이 되면
아이들 손 잡고
고향에 가고 싶었다

너무 긴 세월이 지났구나
자식도 늙어 가니

산천 초목은
그대로일지

벌써 75년
사람이 무쇠이겠는가
어찌해야 하는가

통일

오랜 기다림으로 지쳐갈 때
새벽까지 찬비 내릴 때
그리운 산하 언제 볼지 모르지만
바다길 하늘길 열리는 날
그날을 고대하네

보고픈 얼굴 그리운 고향 길
흥남에서 홍원군 사모면까지 걸어가던
백리길 잊을 수 없는 절벽 길
그 아래 바다사람*들의 엎치락뒤치락
동해의 푸른 물결 눈부신 하얀 파도

가을 가고 겨울 가고 또 가을 가고 겨울 가고
언제 내 고향 갈 수 있을지

비 그치고 쓰러진 풀잎 일어설 때
걸어서라도 갈 수만 있으면
지치는 게 문제이겠는가
배고픔이 문제이겠는가

실향민의 노래

목숨이 붙어있는 한 걸으리

---

* 함경도에서 말하는 바다사람은 바다사자이다. 8살의 내 눈에
  는 사람같이 보였다.

저미는 가슴 빈 자리

어제가 6.25 74주년
고향 없는 빈자리는
바람만 가득 차 있네

어찌 그대 잊을 수 있겠나
타향살이 70여년

어쩌다 그대 없는 세상을 살고 있는지
꽃은 피고 봄은 지나 가는데

무슨 꽃이 예쁘고 무엇이 좋을까
그대 없는 곳에서~

바람인지 울음인지
저미는 가슴 빈자리 채우네

실향민의 노래

실향민의 노래

어느 길로 접어 들어야
내 고향 갈 수 있을까

앞이 캄캄하네

잠 못 이루는 밤

좀 약하면 어때
신경 안 쓴다

누워도 앉아도
검은 구름만 몰려 다닌다

삼경 지나 새벽
보이는 건 뿌우연 얼룩

오늘 바람이 몹시 분다
고향 마을에도

가위

어둠이 몰려 온다
구석에서

매일 보는 자리
먹구름만 꽉 차 있다

심중에는 불안 쌓이고
눈 떠 보이는 건
검은 뿌리

언제쯤 생은 환희를 맞을까
그날이 오면 달빛이 보일까

고향

1.
내가 그대를 떠날 수 없는 것은
내 안에
그대가 항상 있기 때문입니다

우리가 헤어지고 싶어서 헤어졌나요
나는 잊을 수 없습니다

그대 왜 말이 없습니까
나는 종일 얘기하는데

2.
봄 아지랑이 피어 오르는 내 고향
여름의 나무그늘 진 추억의 유치원
우리들의
시간은 아름답습니다

무슨 보화가 어디에 있기에
우리가 각자 살아야 합니까

그리움이 서리되어 떨어집니다

실향민의 노래

고향 소식

풀벌레
가을 왔다고
힘껏 외치네

창 밖에서

너라도 고향 소식
전해 주면 좋으련만

고향하늘

사랑이란
홀로 애태우는 것이다

알아 주는 사람 없어도
그 하늘만 바라는 것이다

꽃 향기는 그를 위해 있고
나무그늘도
그대가 있어 시원하다

심사숙고하는 생을 살고
그리움의 싹을
매일 새로 키우는 것이다

고향하늘만 바라보면서

나비

춤은 잘 추네
노래는 몰라

아름다운 날갯짓에
음악까지 겹치면
어찌할까

침묵이 낫다
앞에서 날고 있는
흰나비 한 마리

피란민은 어찌해야 할까

이것도 저것도 잘하면
살아남기 어렵다

그대 너무 멀리 있어

그대 너무 멀리 있어
봄이 오지 못합니다

추위만 계속 되네요
오랜 기다림은
겨울을 벗어나지 못합니다

남녘은 유채꽃이 핀다 하는데
예산 벌판은 찬바람만 쌩쌩

함께 보낸 아름다운 시간
눈앞에 선합니다

그대가 너무 멀리 있어
봄이 오지 못합니다

　　　　　　　　　　실향민의 노래

석양

서산으로 지는 해는 평화롭다
고단한 하루 마중 나오는
굴뚝 연기 오래 전에 사라졌다

오늘도 저물어 간다
무엇을 위해 살았는지

피란민들 북적이던 범일동 시장
밤에 달뜨면 온 동네 아이들이
술래잡기 말 타기 하던 때가 눈에 선하다

그때는 몇 년 안에 고향 가는 줄 알았네

세월이 어느새 할머니를 만들고
노인은 지난 날들에
그리움을 채곡채곡 쌓는다

실향민

부모님 살아생전 못 가신 고향
이 여식은 갈 줄 알았지요

죄송합니다 나의 생전에도
고향산천 보기는 틀렸어요

벌써 여든입니다

자식은 고향을 모릅니다
주소도 잊어버려 이 일을 어찌합니까

통일은 못 되어도
왕래는 할 줄 알았지요

아버지 어머니
대신 볼 수도 없어요

먼 훗날 내 영혼아
잊지 말고 고향 땅 둘러 보거라

실향민의 노래

제
2
부

언니구실

나는 슬프다
언니구실 누나구실 못한 죄
오래도록 따라다니니

며느리 아내 부모역할
너무 버거웠는데

꽃은 저절로 피고
구름은 저 혼자 떠도는데

사람은 사람구실 해야지
나는 최선을 다해 사는 줄 알았지

사람으로 태어났으니
제구실 함이 마땅한 일이다

내 영혼

친절하다 순박하다 칭찬 듣고
혼자 흥분하며 살았네

내 영혼 멀찌감치 서서 찬비 맞으며
오돌돌 떨고 있다

외롭구나 쓸쓸하구나
가여운 영혼아

우리 같이 즐기자
두 손 꼭 잡고 꽃밭으로 갔네

어느새
내 손에서 빠져나간 또 다른 나
그늘진 도랑에 빠지어 허우적대고 있다

너는 왜 행복하지 않니
너는 왜 슬프니

나는 내 영혼을 끌어안고 말없이
큰 나무에 기대어 함께 울고 있네

우정

친구야
우리 우정이 진할수록
삼켜야 하는 눈물이
많음을 알고 있지

달마다 기차 타고 버스 타고 갈 때
얼마나 많은 근심 걱정 뒤로하고
고요한 숨결로 너에게 가는 것도

만나고 헤어지고 마음에 정을
쌓을 때도 가슴 저 밑에는
꽃이 지는 아픔 바람 부는 쓸쓸함

구름은 사시사철 떠다니고
봄이면 꽃은 피지

마주 보고 웃으면 사랑이 싹트고
세월이 쌓이면 우정이 되네

실향민의 노래

여름 가네

아침 저녁 쌀쌀하니
마지막 매미
목 터지게 서럽네

부귀 영화 한 때지
곧 서리 내리고 날 저무네

뜨거웠던 영광 무대 뒤로 사라진다

내 슬픔

눈 앞에서
행운 목이 꺾이던 날
까만 그림자 하나
하늘 저편으로 날아가던 날

향기로울 백합 한 송이 시들던 날
귀뚜라미 울음 그치던 날

그날부터 내 슬픔이
나에게로 찾아 왔다

그냥 함께 살아야 하네

바보

말 없이 자식 사랑하신 아버지
말 없이 딸 자랑하신 아버지
말 없이 우리를 보살피신 아버지

기분 좋은 날
큰 소리로 하하 웃으시던 아버지

병문안 온 친구에게
아버지 닮은 사람
잘 사는 법이여
얘는 날 닮았어

이 여식을 자랑으로 삼으신 아버지
그분 살아생전
효도 선물 한 번 못 드렸네

시린 생각

시린 생각이 가슴에 쌓인다
슬픔이 함께 동무하네
이 밤 외로움도 같이

너하고 있을 때는 마음이 복잡했다
꼬부랑 꼬부랑 행복했다
아니 너무 힘들었다

너 보이지 않는 시간을
어떻게 보내야 할까
별 없는 하늘을 보니
밤은 깊고 겨울도 깊네

침묵

사랑한다고 말하리
가슴 아프다고
내 마음 시리다고

하늘 파랗고
바람 쌀쌀하니

그대 어디 있는가
무엇 하는가

눈이 오면 알게 되리
눈 녹으면 알게 되리

침묵이 가장 좋은
언어라는 것을

사랑의 절망

한낮의 더위는 사람을 지치게 하고
너를 생각하는 마음 둘 곳이 없다

너 없는 하늘
너 없는 들판

어디에 마음을 붙일까

그리운 사람
보고 싶은 사람

이제 가을 오고 오곡 익어 가면
그 결실 어디에 쌓을까
너 없는 빈 공간

베란다 화분도
물을 주어야
예쁜 꽃 피우지

사랑할 수 있을 때
사랑하는 방법을 알아야 하네

공평

황금빛 붉은 감
보기만 해도 배 부르다

익지 않은 푸른 감
떫어서 먹을 수 없네

한아름 가을 안은 뒤에는
나눔의 보시

얼마나 공평한가
나도 이렇게 살아야 하는데

정원의 나무

정원에 많은 나무가 있다
진달래 개나리 벚나무 목련

항상 보살피고 추우면
따뜻한 거실에
드러 놓아야 하는 행운목

그저 비만 오면 절로 크는
정원의 나무 중에 하나려니

항상 화사하게 피어 웃고 있는
아름다운 꽃이라 생각했다

나무마다 다른 것을
꽃마다 다른 것을

사람마다 다른 것을

산 자락에 핀 한 송이 꽃

비 그쳐 바람 부니
산 자락에 핀 한 송이 꽃이 그립다

가을 문턱
쓸쓸히 부는 바람
누구라도
옆에 있으면 덜 외롭겠다

홀로 책상 마주하니
귀뚜라미라도 울어 주면 좋을 텐데

쓸쓸하고 적막한 밤
또 오려니
그냥 새벽 별이나 동무하자⋯⋯

텅 빈 세상

아무것도 없는 세상
욕심이 사라진 시간
무엇이 존재할까

너도 나도 없을 때
모래가 별이 되고
별이 모래 되어 사라질 때

우주의 공허를
마음의 새벽
누가 알 수 있는가

상처

그리움은 아직도 고개 들고
봄바람을 기다립니다

매듭짓지 못한 게 상처인 듯
육교 위의 바람은 매서웠지요

높은 산을 타고 내려오는 찬 서리
봄을 알지 못합니다

얼마만큼의 시간이 지나야
두근거리는 가슴 진정될까요

오늘도 해는 떴다 집니다

인생무상

마지막 매미
올해 다 간다고
목청껏 울어댄다

가을 지나면
또 한 해 가네

스산한 바람 마구 불어대고

세월의 강 따라
여기까지 와 보니
남는 게 아무것도 없구나

제
3
부

우리 주님

날 따뜻하니 좋습니다
이 밤 조용하니 좋습니다
세상도 조용하면 좋겠습니다

이 딸을 사랑하시는 주님
우리 모두 사랑하시는 줄 믿습니다
이 딸도 주님 사랑합니다

제가 어떻게
아버지의 뜻 안에서 살아야 할까요

날 가지

풍성했던 과수원
산더미로 쌓였던
사과 배

다 어디로 가고
차가운 날 빈 하늘만
쳐다보고 있는가

주님
이 딸의 어리석음
너무 큽니다

아버지만 바라보는
삶을 허락하소서

돌아갈 곳

어디쯤에서
멈추어 선 것인가

앞으로 가니 어둠이고
뒤로 가니 막혔네

좋은 길도 있었으나
다시 찾을 수 없어

어찌해야
제대로 사는 건가

새벽이 되어 보이네
주님과 함께 해야 함이

실향민의 노래

뜨개질

아침에 눈을 뜨니
두 어깨
욱신욱신 화끈화끈

하늘 뿌옇고
코로나 바이러스 천지를 떠돌고
마음 어디에 두어야 하는지

종일 앉아서
늙은 팔 너무 부려 먹었나
빨리 뜨고픈 욕심이

두 손에 가득하고 수고하며
바람을 잡는 것보다 한 손에만
가득하고 평온함이 더 나으니라[*]

....
* 전도서 4장 6절

나의 햇빛 나의 사랑

사랑아
네가 가고 나서
나의 햇빛인 것을 알았다

그때는
너무 어리석었어

꽃 필 때는 고마운 줄 모르고
지고 나니 아쉬워하네

하나님
지나고 나서 겨우 깨닫는
아둔함을 용서하소서

가을인데

지난 얘기는 해서 무엇 하니
일조량 부족해 추석이 코 앞인데
피지 못한 코스모스
눈물을 머금고 있다

가을 바람 불어도
낙엽 들지 못한 단풍잎
가만히 눈치만 보고 있네

열매 맺지 못한 나는
땅만 보고 있다
가끔 하늘도 보아야 하는데

주님
열매 맺는 생활을 도와주소서

참사랑

1.
똑똑하지 못해서 사랑했습니다
허우대만 멀쩡하니
야무진 구석이 없어서

가난해서 사랑했습니다
옷만 번드름 하지
주머니에 든 것이 있어야지

잘 웃어서 사랑했습니다
그의 미소는 너무 고와서

2.
언제 또 볼까
매일매일 보고 싶습니다

하나님 아버지
참 사랑을 알게 하소서

실향민의 노래

후회

꽃이 지고 무더위가 오고 있습니다
나는 꽃이 진 날부터 한기만 듭니다
또 봄이 올지는 모르니까요

꽃은 내년이면 또 찾아 오지요
나는 어떨까요
무엇을 준비해야 하는지요
돌아올 겨울만 보입니다

인생이 이렇게 짧고
내일은 알 수 없는데

어쩌다 나만 생각하며 살았을까요
초심은 어디에 두고

주님
이 딸을 불쌍히 여기소서
이 딸의 자복을 받아 주시옵소서

임은 갔습니다

1.
왜 천둥번개를 칩니까
왜 비바람을 몰고 옵니까

내가 무얼 어쨌다고요
내가 무얼 잘못했는데요

나는 부동자세입니다
움직일 수 없어요
너무 억울해서요

내가 무얼 어쨌길래
나만 나무랍니까
그렇게 죽을 죄를 지었습니까

가만 내버려 두세요 제발

2.
주님
저의 잘못입니다

모자라기가 한참입니다

그러나 아버지
저는 슬픕니다
기쁨의 생활을 허락하소서

주님의 시간

억울합니다
앞이 안 보입니다
요셉을 살리신 주님

이 딸의 기도
들으시는 줄 믿습니다
주님의 시간에 저에게
화답하여 주옵소서

실향민의 노래

흐르는 강물

강물은 낮은 곳을 찾아 흐르니
막힘이 없다
사람은 높은 곳만 쳐다보니
힘이 든다

강물에서 배우며
겸손히 살고 싶다

어른들은 정직한 자에게
복이 따른다고 했다
성경은 너의 떡을 물위에 던져라
여러날 후에 도로 찾으리라*했네

....
* 전도서 11장 1절

추모공원

봄이 오는 추모공원 슬퍼라
세상은 살아 볼 만한 곳인데

주님 살아 있음에 감사 드립니다
세월을 아껴 쓰게 하시고

주님 나라 확장에
보탬이 되는 삶을 살게 하소서

은총

주님 내게 은총을 베푸소서
이 딸은 마음이 아프고
시간시간 고통입니다

이웃을 돌보며 살게 하소서
때마다 일마다
주님이 간섭하소서

아버지
나의 문제를 해결하여 주소서
나의 생명을 구하여 주소서

맑은 물

넓고 예쁜 연못
맑은 물뿐입니다

송사라라도 두어 마리
욕심입니다

복을 지을 때
빈 독에 겉보리라도 차오지요

베풂 모르고 산 세월
후회만 남습니다

주님 이 딸을 용서하여 주옵소서

실향민의 노래

감사

한밤중
나의 영혼
고요하다

하나님 조용한
밤을 주시니
깊이 감사 드립니다

귀뚜라미

언제부터인가
귀뚜라미와 살고 있다

슬프고 가냘픈 목소리로
내가 귀뚜라미인가 보다

누가 그리워
누가 보고파

소리 높여 귀뚤귀뚤

이제 누울 시간인가 보다
세상이 새하얗네

주님
그 나라 그립습니다

실향민의 노래

제
4
부

그냥

네가 옆에 있는 것 같은 후끈함
초여름의 더위는 좋으면서도~

오늘은 비오니
빗방울은 나뭇잎 타고 아래로
이것이 자연인 것을

언제 어디서
너의 생각이 멀어지겠니
겨울에서 다시 겨울이 온들
그냥 이렇게 살아야지

파랑새

잘 가라 파랑새야
너로 인해
한 순간 행복했다

잘 가라 파랑새야
너 없는 오늘 쓸쓸하구나
마음 무너지고 정신 몽롱하니

잘 가라 파랑새야
어디서든지
나를 기억해 주렴

우리 같이 했던 행복한 순간들
슬프고 아름다운 시간을

다시 그날

커피 한잔 타서
냉수 섞어 마신다
어머니 생각하며

어머니 그러면 맛이 없어요

가을이 몇 차례 지나니
나도 벌써 그 나이

그날이 그날이네

교실

아무도 들어서지 않은 빈 교실
맨 처음 교실문을 여는 아침이 좋다

운동장은 비었고
학교는 조용하다

어느 날 방과 후
빈 교실에서 공부하다 깜박 졸고
눈을 떠 보니 오밤중
통금 해제 사이렌 소리 기다려
교문을 나섰다

인도 무섭고 차도 무서워
전차길 가운데로 걸어서 집에 왔다

그 시절 그 공부
다 어디에 있을까

공부할 시간이 많지 않다
남은 세월 그저 열심히 살아야 하네

예산군 추모 공원에서

모든 사연 접고
눈발 젖은 시간 흘러간다

명랑하고 건강했던 사람
어느 날부터 허리
아프다더니 못 일어났네

자식사랑 아내 아낌
남다르고
사층집 지어 환한 미소 보낸 이

아끼던 낚싯대 보고파
어이 놓고 가시나

영영 가시지 말고
봄 오면 꽃 바람 향기로
우리 곁을 지키소서*

....

* 시동생 떠나던 날에

우리 언니

밥을 위하여 엄마 버리고
우리와 함께 피난길[*]에 올랐다

체면을 위하여
이산가족 찾기에 알게 된
동생들을 버렸다

자식들은 장성하여
그 삶을 이해할 수 있는데

늘그막 슬픈
과거를 얘기했다

용감한 우리 언니
하늘나라에서는
고통 없는 안방이겠지요

....
* 6.25전쟁 당시 피란

흘러간 시간

1학년 동생의 담임
어쩜 그리 멋지신가

유리창에 2시간째 붙어 있다
눈을 깜박이는 시간도 아깝다
선생님은 칠판 앞에서
무언가 열심히 가르친다

매일 긴 복도에서
그분만 바라본다
수업이 끝날 때까지
내 동생 오후 반이 좋다

나의 마음과 몸 모두
유리창에 매달려 있다

바람불고 구름 흘러
꽃 피고 꽃 지니
그 시절 그리우네~

세월의 뒤안길

봄이라고 하나 아직 차가운 바람
3월 입학하면 기분은 봄이지만
아직 쌀쌀하다

경여중 뱃지 가슴에 단 쎄라복
나이보다 가냘픈 풀잎
옆집 고아원 오빠
매일 대문 앞에 보초 섰네
소나무 같은 기상으로

오늘 그날 같은 봄바람
온화하면서 쌀쌀한

병아리 삐약이 입에서 호된 호령
다시는 꼬마라고 부르지마

그날 이후 사라진 오빠는
어느 길목에서 서성이고 있을까
그 세월 그리워지네

그리움의 시간

범일동시장 사람이 들끓습니다
여름이면 하루 종일 아이스케키가
소리 지릅니다
철없는 동생은 하루에 열 개 먹습니다

우리 가게 고무신 너무 잘 팔립니다
시장상인 피란민입니다
손님 피란민입니다
모두 낯설고 불편한 타향입니다

수업이 끝나고 집으로 올 때
다리 위에서 기차를 만나면
얼른 다리 밑으로 몸을 내리고
두 손은 철둑 목 잡고 대롱대롱
매달려 눈을 꼭 감습니다

부산에서의 피란생활
거기에도 그리움이 쌓입니다

영혼을

언젠가는 마주 앉아 차를 마시고
숲속을 거닐며 달빛을 아쉬워하고
바다에서 갈매기 울음 소리 들으리

봄바람을 타고
연분홍 진달래 수줍은 얼굴 내밀고
제비꽃 보라색 미소 보내는데
공허한 영혼 갈 데를 모르네

떠나간 것을 그리워하는
내 영혼 어디에

그리움

봄바람이라 하는데
시린 바람이다
그리움이 묻어나는

정월 보름 지나니
봄이 오는구나
마음은 추운데

새로 돋는 풀잎
새로 피는 나뭇잎
모두 그리움의 눈물 방울

어느 때에
시린 그리움이 사라질까
서글픈 그리움도 함께

그리운 아버지

아버지는 깔끔하시고 까다로우셨다
삐뚤어진 것 잘못된 것 용서 안 하셨다

어린아이 보시면 특히 우리막내 보시면
항상 하하하 큰소리로 웃으셨다

경제도 가르치신 아버지
사친회비* 9월일 때 1원 꼭 챙기셨다

구름 흘러도 나무 그 자리에
아버지 보고 싶습니다

봄이 오는 길목 아버지 웃음 소리가
나의 가슴을 절이게 합니다

....
* 초등학교 다닐 때 한 달에 한 번씩 학교에 내는 수업료

겨울 밤

눈은 내리고
네 얼굴도 보이고
마지막 눈인가
보고픈 사람 더욱 생각나네

우체국에서

저려 오는 마음에 시선을 고정하고
떠나고 없는 올케를 생각합니다

열무김치 장아찌 북어식혜 조금
몇 가지 찬이 그를 대신 할 수 없지만
혼자 남은 동생을 생각합니다

있을 때 잘해야지요
떠나 버린 허무 뒤에 몇 방울 눈물이
무슨 의미 있습니까

사람이 있을 때와 없을 때의 차이는
하늘과 땅의 차이보다 큽니다

보고픈 어머니

어머니 보고파서 불러 봅니다
언제나 그리운 우리 어머니
시장통의 그 매서운 바람
자식 위해 맞으셨습니다

어려운 일 항상 앞장 서시고
좋은 일 맨 뒤에서 맞으셨습니다
자식은 철들어 효도하고 싶은데
당신은 안 계십니다

피난길 추운 길 항상 울타리 되시고
아버지보다 열심히 고생하셨습니다

어머니 해 주시던 음식
그것이 눈앞에 아른거립니다

추운 겨울 뜨끈한 고등어 시래기 조림
무더운 여름 시원한 미역냉국
수도 없이 사 주신 얼음과자
어찌 잊을 수 있겠습니까

설날 밤새워 만들어 주신 빨간 치마 색동저고리
머리에 비단 리본 세상에 그보다 예쁜 옷은 없지요

어머니 보고 싶습니다
그리운 어머니 우리 엄마

자존심

세상에서 볼 수 없는 그림은
마음속에만 있습니다

큰 길가 미군 트럭은 하루 종일 오갑니다
미국 사람은 껌을 땅에 뿌리며 다닙니다
열 살 꼬맹이 자존심이 상하여
그것을 줍지 않습니다

다닥다닥 붙은 판자집
그곳은 전부 시장 가게들입니다
개천을 따라 두 줄로 나란히 섰습니다
좁은 골목은 시장통입니다

어머니는 고무신을 팔고 어린 딸은 오늘
찐빵을 팔기로 마음 먹습니다

오랜만에 찾아간 범일동시장
거기 판자집은 없었습니다

개천도 없고 6차선 도로가 대신합니다[*]

좋았던 날

오늘밤 나는
별빛 위를 걷다
잠이 듭니다

은하수 건너
거기 사랑이 있고
청춘이 있습니다

실눈 초승달은
부끄러워 구름 뒤에
숨습니다

이슬비가 새벽을
알립니다
좋았던 날은
꽃잎 뒤에 숨었습니다

견디는 힘

오늘 나는 견디는 힘을 키웁니다

그대 없는 세상에서
매일 참고 사는 법을 익힙니다

그대 없는 세상에서
울지 않고 사는 일을 생각합니다

그대 없는 세상에서
꽃 피기를 기다리지 않습니다

그대 없는 세상에
굳이 봄 오라고 하지 않습니다

올 것은 오고 갈 것은 갑니다
나는 그저 바람이고 싶어요

봄이 오는데

들판 끝에 아지랑이 아롱이고
정원에 새로 돋는 연초록의 풀
보이는 세상은 따뜻해지고
보이지 않는 마음은 얼음장이네

봄바람 부는데
겨울이 끝나지 않은
마음 어디 가서 녹일까

봄을 원한다
고운 꽃 피기를 바란다
어찌해야 너 없는 세상에서
나도 봄을 맞이 할까

제 5 부

친구에게

할매야

오늘 하루 길었니
결혼하던 첫날밤을 생각하렴
별은 빛나고 꽃은 다투어 필 것이다

오늘 지루했니
첫아들 품던 날을 생각하렴
강물은 줄기차게 흐르고
세상은 온통 분홍빛으로 빛날 것이다

오늘 슬펐니
첫 손주 소식 듣던 일을 생각하렴
기쁨이 산을 넘고
태양은 너를 위하여 떠오를 것이다

우리 친구 할매야
사는 날까지 즐겁게 살자

겨울의 축복

하얀 눈
앙상한 나뭇가지
길게 늘어선 발자국

거실의 스토브
따뜻한 대추차
겨울에만 먹는 북어식혜[*]

아랫목에 모여 앉은
시누이 시동생
나이를 잊고 떠들썩하다

차가운 날씨
더욱 뜨거운 웃음소리다

....
* 함경도 토속 음식(북어, 무, 조밥, 마늘, 고춧가루로 담금)

연초록으로

봄이다
연초록이다
근심도 연한 색깔로
옮겨지고 있다

그리움 쓰라림 아림
다 연한 색으로 바뀌고 있다

겨울은 외로움도 가지고 가나 보다
하얀 눈 보자기에 싸서

분홍빛의 기쁨이 미소 띠고
봄바람과 함께 오고 있다

우리 정원 연초록의 카펫이
나의 외로움 슬픔 덮어주네

봄의 길목

엄청 착하게 살고 싶다
놀라도록 부지런히 살고 싶다

보라색 제비꽃이 필 것 같다
노오란 개나리 돌아 올 것 같다

친구가 찾아 올 것 같다
자식도 줄줄이 나타날 것 같다

봄바람이 불고 있다
세상이 바뀌고 있다

해

해야 오늘도 솟았네
늙은이에게 해란
평화요 감사란다

해야 아침의 노란 해야
온 세상을
황금빛으로 물들였구나

해야 이 엄동설한
네가 있음으로
마음이 따뜻하고
이웃이 따뜻하구나

해야 네가 떠서
오늘도 내가 산다

봄이다

봄이 오고 있다
정원의 진달래가 첫 봉오리 터뜨렸다
생강나무는 노란 꽃으로 향기를 뿜낸다

너의 손을 잡고 봄 마중 나선다
아지랑이 아롱대는 들판 끝까지

따뜻한 손가락
아늑한 바람
행복한 미소

우리가 함께한 소중한 시간을
생각하며 봄이다

봄날 아침

연분홍 진달래 한 송이
막 피어난 봄날 아침

어제는 못 보았는데
고개 내민 노란 수선화

꽃은 밤새 무슨 일을 벌이는가
하루 사이에 봄을 데리고 왔는가

내 가슴에는
연보라 제비꽃이 피네

따뜻한 미소

여미는 바람 속에 봄이 오고 있다
들판 끝 하늘가에 봄이 오고 있다

얼마나 기다린 그대인가
시린 바람 겨우 내내

노란 봉오리 내미는 수선화
눈물 나게 고맙다

굳은 땅 뚫으랴
초록 잎 펼치랴

보라색 풀꽃 데리고 오네
보고 싶은 얼굴 따뜻한 봄바람
그대 따뜻한 미소 그리우네

겨울 초입

늦가을 쌀쌀한 바람
외롭고 외로워라

코스모스 고개 숙였네
하늘은 파랗고

외로운 가슴에
따뜻한 햇살이
행복의 기운을 데려오네

맥박의 고동침

살아있는 것은 맥박이 있다
온몸을 도는 속삭임 그리고 아우성

봄이 오고 있다
풀잎의 속삭임 나뭇잎의 아우성

봄바람이다
소리 없는 포근함
소리 없는 따뜻함

이 봄 나의 맥박이 고동친다
슬픔 털어 버리고 기쁨 찾아 보라고

봄 향기

길가의 가로수 물오르네
연둣빛 확연히 반짝이네

정월 보름도 안 되었는데
봄이 서둘러 오고 있다

동네 친구들과 먹은 점심 봄이네
함께 마신 커피 봄이네

겨울은 비켜서고
봄 향기 저만치서 달려온다

용돈

마음이 두둑하다
설날이 지났으니까
아이들은 어른 되어
부모에게 귀한 보물 주고 갔다

복권을 살까
털실을 살까

하늘의 별은 수도 없이 반짝이고
나의 기쁨과 슬픔도 수없이 흐르네

짧은 여행

인생은 짧습니다
잠깐의 여행이지요

부모님 밑에서 꿈결 같은 사랑 받고
선생님 앞에서 예쁜 애교 떨고
신랑 만나 잠깐 행복하고
아이들 안고 즐거운 산책 하지요

다들 떠나면
꿈에서 깨어난 것 같아요

이제 철들어 떠날 채비 합니다

이 짧은 시간 좁은 공간에서
기뻤고 행복했고 외로웠고 슬펐습니다

무더운 오늘 어디서
시원한 바람 불어옵니다

내 친구

너는 내 친구야
어려운 일 생기면
숨겨 줄 좋은 사람이지

그대를 생각하면
마음 한 구석
짠해지는 착한 사람

꽃 피고 새 울던 봄에는
우리 행복했지
푸른 잎 변하여
갈색 되니 우리 슬프네

곧 눈 내려 하얀 세상 오겠지
마지막까지 손잡고 놀자

내 동무 사랑하는 사람아

빛나는 별

나이 들어도 늙지 않는
아프지 않고 웃음 잃지 않는 우주

철없이 뛰놀던
시장통
젊음이 넘치는 삶의 현장

그리운 그날 생각하며
즐거워할 내일을 노래한다

고개 들어 하늘을 본다
하늘은 높고 푸르다

실향민의 노래

삶

고통이 행복인 것을
그것이 삶인 것을
그때는 몰랐네

작은 평화

햇살이 잘 드는 창가
거기도 가을은 왔다

홀로 앉은 책상
외롭다 하네

나뭇가지 혼자 앉은 참새
더 외롭네

솔솔 들어오는 작은 바람
쓸쓸한 고요 깃든다

차분한 마음
노란 잎새
평화의 파도 일렁인다

봄빛 사랑

분홍빛이지요
눈가의 이슬
세월의 기다림

언젠가 알게 되겠지요
안타까운 이 마음

꽃이 핍니다
긴 밤 지나갑니다
봄비 속에 보이는 미소

가슴속 가득 차 오릅니다

계수나무 꽃

1.
밤하늘 바라보면
은은히 비취는 나무
다시 보니 눈이 부시다

아버지는 딸이
지지 않는 꽃이기를 바란다

기울어도 둥글어도 그자리
하늘 높이 떠 있어

2.
밤마다
창 두드리는
바람 되어
한번 피워 보려고
부딪쳐도 부서져도
여울물속 차돌 되어

세상 밖으로 나온다

12월 마지막 날에

올해를 데리고 여기까지 왔습니다
작년 재작년도 데리고
잘한 일 못한 일 다 데리고

이제 한 발짝만 건너면
새해 새 희망입니다

나 혼자 가고 싶어요
분홍빛 봄
깨끗하게 맞이하고 싶습니다

내사랑 나의 가족

사랑하는 딸들
너희가 있어 기쁨을 알았다
사랑하는 아들
네가 있어 언제나 든든했다
사랑하는 여보
당신 덕에 항상 편안했어요

이 아름다운 별 지구에서
우리가 만났음을 감사해요

우리가 함께한 즐거운
시간들을 오래 간직합시다

이다음 하늘나라에서
다시 만나게 될 것을 믿어요
그날까지 행복하게 삽시다

나는 항상
슬프게 흐르는 얕은 냇물이었어요